La princesse Titiana
et la flèche de Cupidon

L'illustrateur : Philippe Masson, né à Rennes en 1965, est issu d'une famille de marins bretons. Actuellement, il vit à Tours avec son amie et ses deux enfants, Lucas et Mona. Il réalise aussi les dessins de « La Cabane Magique » aux Éditions Bayard.

Titre original : *The Cloud Princess*

Coordination éditoriale : Céline Potard.
Conception et réalisation de la maquette : Éric Doxat.

Loi n° 49 956 du 16 juillet 1949
sur les publications destinées à la jeunesse.
Dépôt légal : janvier 2010 – ISBN : 978 2 7470 2166 1
Imprimé en Allemagne par CPI – Clausen & Bosse.

Le château magique

La princesse Titiana et la flèche de Cupidon

Katie Chase

Traduit et adapté de l'anglais par Anne Delcourt
Illustré par Philippe Masson

DEUXIÈME ÉDITION

bayard jeunesse

1

Le trésor du couloir Nord

– Merci de m'avoir déposée, madame Edwards, dit Cléa Campbell en sortant de la voiture.

– Au revoir, ma puce, répondit la mère d'Émilie. Et n'oublie pas de te déchausser avant d'entrer chez toi !

– Au revoir, Cléa ! lança Émilie.

La voiture s'éloigna. Les bottes de Cléa étaient couvertes de boue. Elle avait passé la journée dehors avec sa classe, à regarder travailler des archéologues. Ceux-ci grattaient la terre dans des fosses à l'aide d'outils spéciaux, à la recherche de vestiges de l'Antiquité romaine.

À la fin de la visite, tous les enfants avaient eu le droit de fouiller aussi. Cléa avait même trouvé un carré de céramique orange ! La maîtresse lui avait permis de le garder pour le montrer à ses parents. Elle le rapporterait le lendemain à l'école afin de l'exposer avec les autres découvertes.

Cléa monta les marches du perron, retira ses bottes et entra dans le grand hall. Elle avait beau être au château depuis des mois, elle n'en revenait toujours pas de vivre dans un endroit aussi magique. Il appartenait à sa grand-tante Clarisse. La vieille dame, grande voyageuse, avait rapporté du monde entier toutes sortes d'objets extraordinaires. Elle venait justement de partir faire le tour du monde, et avait proposé aux Campbell de s'installer chez elle jusqu'à son retour.

Cléa suspendit son blouson au porte manteau et fila se mettre au chaud dans la cuisine. Elle y trouva sa mère et son frère.

– Mur. M-U-R, épelait Lucas.

– Bravo, approuva Mme Campbell.

Elle se tourna vers sa fille :

– Bonsoir, ma chérie ! La journée a été bonne ?

– Super ! Regarde ce que j'ai trouvé ! Cela s'appelle une tesselle. Elle faisait partie d'une authentique mosaïque romaine !

Elle tendit le carré de céramique à sa mère.

Celle-ci l'examina en le retournant dans sa main :

– C’est incroyable. Tu te rends compte, ce cube a peut-être deux mille ans !

– C’est quoi, une mosaïque ? demanda le petit garçon.

– Une image formée de centaines de carreaux de pierre ou de terre cuite, lui expliqua sa sœur. Les Romains en décoraient les murs et le sol de leurs maisons.

– M-O-S..., commença Lucas. Pouh, c’est trop dur à écrire. J’ai un concours d’orthographe demain. Il faut que je batte Anna ! C’est la plus forte de ma classe. pas question que je me laisse faire par une fille !

Cléa éclata de rire :

– Les filles ne sont pas nulles !

– Tu devrais aller voir la mosaïque, là-haut, suggéra sa mère en lui rendant la tesselle.

Cléa connaissait ce panneau décoratif, mais elle n’y avait jamais fait attention. Il ornait un long couloir en pierre plein de courants d’air.

– J'y vais tout de suite ! s'écria-t-elle avec enthousiasme en se dirigeant vers l'escalier.

Le manoir regorgeait de merveilles. Mais le plus extraordinaire, c'était les petites princesses ! Dans une lettre, tante Clarisse avait expliqué à Cléa qu'en cherchant bien, elle en trouverait partout dans le château. Et, en effet, elle avait découvert la première dans le motif du tapis de sa chambre. Maintenant, chaque fois qu'elle en voyait une, il lui suffisait de lui dire « bonjour » pour être transportée dans une fantastique aventure aux côtés d'une vraie princesse !

Cléa était parvenue à l'aile Nord du château. Elle s'engagea dans le couloir glacial. « Pas étonnant que je ne vienne pas ici plus souvent ! » songea-t-elle.

Enfin, elle tomba sur la mosaïque et s'arrêta pour l'admirer. Le panneau était presque aussi haut qu'elle. Cléa ne vit d'abord qu'une multitude de petits carreaux de céramique. En reculant, elle discerna une image.

Des motifs géométriques rouge et ocre se croisaient pour dessiner un cadre. Dans le fond du tableau se dressait une villa romaine, du même style que le palais que Cléa étudiait en classe.

L'entrée était constituée de murs blancs coiffés de tuiles en terre cuite, entourés de cinq colonnes de marbre.

Devant la maison, un vieillard dormait sur un banc. Une jeune fille en toge blanche, les cheveux cerclés d'un anneau d'or, se penchait sur lui d'un l'air inquiet.

Cléa sentit son cœur battre plus vite. C'était sûrement une petite princesse !

Elle s'inclina et lui lança :

– Bonjour !

Aussitôt, une brise s'éleva de la mosaïque et enveloppa Cléa d'un parfum de miel et de lavande. Puis le souffle d'air se changea en tourbillon, s'enroula autour d'elle et la souleva de terre. Une nouvelle aventure commençait...

2

Une déesse en colère

Bientôt, le tourbillon s'apaisa, et Cléa sentit ses pieds toucher le sol. Elle inspecta les alentours avec curiosité.

Elle se trouvait dans un jardin aux pelouses rectangulaires soigneusement tondues, entourées de massifs de lavande. Une bâtisse blanche se dressait en face d'elle. La façade était ornée de hautes colonnes de marbre.

À l'intérieur, une jeune fille était agenouillée près d'un grand panier de fruits et de fleurs devant un autel. Cléa supposa qu'il s'agissait d'un temple.

L'inconnue était vêtue d'une toge blanche bordée d'une rayure pourpre. Elle portait une besace à l'épaule. Ses cheveux châtain clair étaient rassemblés en un chignon.

Cléa baissa les yeux sur sa propre tenue. Une toge blanche remplaçait sa jupe. Une écharpe rouge était fixée au tissu par une broche en or sertie de rubis. À ses poignets, des bracelets d'or luisaient au soleil. Elle se tâta les cheveux : ses boucles rousses étaient elles aussi coiffées en chignon.

« Je suis à Rome, dans l'Antiquité ! » pensa-t-elle tout excitée.

À cet instant, l'inconnue se leva. Elle se retourna pour quitter le temple. Cléa fut frappée par son air abattu. En sortant, la jeune Romaine remarqua enfin sa présence.

– Bonjour. Es-tu une princesse ? fit Cléa en souriant.

– En effet, acquiesça la fillette, surprise. Je suis la princesse Titiana.

Puis elle fronça les sourcils.

– Juventas ? C'est toi ? reprit-elle.

Cléa se demanda qui pouvait être cette Juventas.

– Non, rectifia-t-elle, je m'appelle Cléa. Je suis arrivée ici grâce à la magie.

La princesse écarquilla les yeux.

– Mais alors tu dois être une déesse ! C'est cela, oui, tu es Juventas !

Et elle tomba à genoux.

– Je t'en supplie, poursuivit-elle. Lève la malédiction qui frappe mon frère et les garçons de la cité. Je ferai toutes tes volontés !

Cléa battit des paupières, perplexe.

– Désolée, lui répondit-elle, mais je ne suis pas cette Juventas dont tu parles, ni aucune autre déesse. C'est ma grand-tante Clarisse qui m'a expliqué comment venir ici par la magie.

– Oh ! s'exclama Titiana en se relevant. Autrefois, ma grand-mère me racontait des histoires sur une certaine Clarisse qui lui rendait visite grâce à la magie quand elles étaient petites. Elles étaient très proches, et Clarisse l'a souvent aidée. Je crois que tu tombes bien !

– Pourquoi ? Tu as des problèmes ? s'inquiéta Cléa. Je peux t'aider ?

La princesse s'assombrit, mais lui adressa un regard reconnaissant.

– Appelle-moi Titia, comme le font tous mes amis, lui dit-elle. Car tu es une amie si tu me proposes ton aide !

Elle glissa un bras autour de celui de Cléa et l'entraîna dans les jardins.

– Mon frère Marcus a eu seize ans avant-hier, commença-t-elle. Après avoir reçu sa toge d'adulte, il devait laisser une pièce sur l'autel du temple de Juventas.

– Qui est Juventas ? questionna Cléa.

– La déesse de la jeunesse. À Rome, la coutume veut qu'on lui fasse une offrande le jour de nos seize ans.

Elle poussa un profond soupir.

– Mais Marcus ne pense qu'à s'amuser, reprit-elle ! Alors, il a totalement oublié son devoir, et il est parti fêter son anniversaire avec ses camarades !

Les deux filles avaient atteint une petite cour. Un vieil homme y dormait au soleil sur un banc. Il avait le visage sillonné de rides et les cheveux blancs comme neige. Ses mains étaient noueuses et tordues par l'âge. Cléa se demanda si c'était le grand-père de Titiana.

Celle-ci baissa la voix tout en s'approchant de lui :

– Juventas est entrée dans une colère noire. Elle a déclaré que, si le fils de l'empereur ne lui témoignait pas son respect, il méritait d'être puni. C'est horrible ! Elle l'a fait vieillir à toute vitesse ! Et pas seulement lui ! Tous les autres jeunes Romains subissent le même sort !

Titiana montra du doigt le vieillard.

– Cet homme, murmura-t-elle d'une voix tremblante, c'est Marcus. En deux jours, il est passé de seize à soixante-dix ans !

3

La clairière du faune

Cléa était horrifiée. Elle ne pouvait pas croire que ce vieil homme, devant elle, était un garçon de seize ans !

Titia regarda tristement le ciel :

– Souvent, mon frère et moi, on s'allonge dans l'herbe pour observer les nuages, reprit-elle. On cherche à quoi ils ressemblent : un oiseau, un visage, un arbre. Maintenant il est trop fatigué pour jouer !

– Tu n'as pas une idée pour convaincre Juventas de changer d'avis ? demanda Cléa dans un murmure.

La princesse haussa les épaules d'un air désespéré :

– Marcus et moi, nous avons apporté toutes sortes d'offrandes au temple et prié pendant des heures. Juventas ne veut rien entendre.

Les larmes aux yeux, elle se tourna vers sa nouvelle amie :

– Oh, Cléa, qu'est-ce que je peux faire ? Le pire de tout, c'est que Marcus continue de vieillir ! Si je ne trouve pas une solution, il mourra dans quelques jours !

– Si tu parlais à la déesse, peut-être qu'elle t'écouterait ! suggéra Cléa. Tu peux sûrement lui faire comprendre que les garçons ont été assez punis comme ça !

Titiana secoua la tête :

– Il est impossible de s'adresser directement aux dieux. J'aimerais bien, mais...

– Tu ne connais pas quelqu'un qui pourrait t'aider ? l'interrompit Cléa.

Brusquement, une lueur d'espoir s'alluma dans les yeux de la princesse.

– Mais si, bien sûr ! s'exclama-t-elle. Ce n'est pas vraiment une divinité, mais il les connaît bien, et c'est un grand sage !

– Qui est-ce ? demanda Cléa, intriguée.

– Il s'appelle Acis le Faune, répondit la jeune Romaine. C'est une créature magique, mi-homme, mi-chèvre. Il veille sur la forêt et sur tout ce qui y vit. Partons tout de suite à sa recherche ! Merci, Cléa ! Sans toi, je n'aurais jamais pensé à lui !

Tout en parlant, Titiana avait entraîné son amie à l'autre bout des pelouses d'un pas de plus en plus rapide. Elles quittèrent les jardins et s'enfoncèrent dans les bois.

– Il paraît qu'il est très timide, précisa la princesse en chemin. Il n'a sûrement pas très envie qu'on le trouve. Mais ça ne coûte rien d'essayer !

Après avoir marché un long moment dans

la fraîcheur du sous-bois, elles débouchèrent dans une petite clairière. Titiana fit signe à Cléa de s'asseoir à côté d'elle sur un gros rocher.

– Si on attend ici en silence, il viendra peut-être, murmura-t-elle.

Elles restèrent ainsi quelques instants sans parler, au milieu des chants d'oiseaux. Soudain, Cléa entendit un bruit étouffé de sabots. Elle regarda de tous les côtés, cherchant à distinguer leur visiteur.

Tout à coup, elle vit quelqu'un les observer, derrière un tronc d'arbre. Il avait une tête d'homme, des oreilles pointues et velues et deux cornes sur le front. Cléa donna un petit coup de coude à Titiana.

– C'est lui ? chuchota-t-elle.

La princesse tourna la tête, mais déjà, la créature s'était cachée.

– Acis ? appela doucement Cléa. C'est toi ? Je t'en prie, ne pars pas !

– Je suis la princesse Titiana, ajouta son amie. Il faut absolument que je te parle !

Au bout d'un moment, le visage du faune reparut. Après une hésitation, il s'avança en trottinant. Jusqu'à la taille, il avait l'apparence d'un homme, mais le bas de son corps était celui d'une chèvre.

– Bonjour, princesse Titiana, répondit-il. Et bienvenue à ton amie.

– Je m'appelle Cléa, annonça poliment celle-ci en le saluant.

Acis s'inclina, intimidé, puis il s'adressa de nouveau à la princesse :

– De quoi désires-tu me parler ?

– De la déesse Juventas, dit Titiana.

Elle a jeté une malédiction sur mon frère, et il...

Le faune l'interrompit :

– Je suis au courant. Je connais tous les détails de l'histoire, car de nombreuses créatures sont venues se réfugier dans la forêt ces deux derniers jours.

– Elles se cachent à cause de Juventas ? demanda Cléa.

Cette déesse cruelle commençait à lui faire froid dans le dos.

– Ce n'est pas d'elle qu'ils ont peur, rectifia Acis, mais des Harpies.

– Les Harpies ? s'écria Titiana, toute pâle. Mais que font-elles sur la Terre ? Pourquoi ont-elles quitté les Enfers ?

– Qui sont-elles ? questionna Cléa, alarmée.

– Ce sont les servantes de Pluton, le dieu des Enfers, lui expliqua Titia avec un frisson. Elles ont un visage de femme et un corps de vautour. Et elles sont féroces et sans pitié.

– C'est Pluton qui les a envoyées, marmonna sombrement le faune. Sûrement pour empêcher Juventas d'annuler la malédiction...

4

La fleur magique

Les deux amies accueillirent la nouvelle par un silence glacé.

– Mais pourquoi ? s'écria Cléa. Qu'est-ce que Pluton a à voir là-dedans ?

Le faune lança à la princesse un regard désolé :

– Si tous les jeunes hommes vieillissent à un rythme accéléré, beaucoup d'âmes rejoindront bientôt le monde des morts. Pluton gagnera ainsi davantage de sujets, ce qui le rendra encore plus puissant.

Les joues de la princesse Titiana

s'empourprèrent immédiatement sous l'effet de la colère.

– Évidemment ! s'indigna-t-elle. Si tous ces garçons meurent avant l'heure, il deviendra le plus puissant de tous les dieux ! Pas étonnant que cette malédiction l'arrange !

– Et les autres divinités ? demanda Cléa à Acis. Elles n'ont pas intérêt à ce que Pluton ait autant de pouvoir. Elles ne peuvent rien faire, elles, contre Juventas et Pluton ?

Le faune lui sourit tristement :

– Les dieux n'ont pas de solution pour ce problème. Puisqu'un mortel l'a causé, un mortel doit le résoudre. C'est une loi vieille comme le monde.

Cléa serra très fort la main de Titiana dans la sienne et inspira profondément.

– Dans ce cas, c'est à nous de régler cette affaire, déclara-t-elle d'un ton décidé. Acis, es-tu d'accord pour nous aider ?

– Malheureusement, je ne suis qu'un simple faune. Juventas est puissante. Elle ne m'écouterait pas.

Il réfléchit un moment et reprit :

– Mais quelqu'un pourrait vous être utile : Cupidon, le dieu de l'Amour. Si vous arrivez à le trouver et si vous le persuadez de décocher l'une de ses flèches d'amour à Juventas, peut-être pourrez-vous attendrir la déesse et la faire changer d'avis.

– Bonne idée ! approuva Titiana, un peu rassurée. Où devons-nous le chercher ?

– Partout où il y a de l'amour, répondit Acis. En particulier dans les endroits où on le fête.

Le faune s'agenouilla, cueillit dans l'herbe une toute petite fleur blanche et la tendit à la princesse :

– Prends cette fleur magique. Si tu te caresses les yeux avec ses pétales, tu verras Cupidon et tous les autres dieux qui sont d'ordinaire invisibles aux hommes.

– Merci, Acis, dit Titiana en rangeant soigneusement la fleur dans sa besace. Ta gentillesse me touche.

Le faune inclina la tête :

– C'est un plaisir. Bonne chance pour votre quête. Mais méfiez-vous des Harpies. Si elles apprennent ce que vous essayez de faire, elles vous entraîneront jusqu'aux Enfers et Pluton s'emparera de vos âmes !

Sur cet avertissement, Acis disparut dans la forêt.

D'un pas lourd, les deux amies reprirent aussitôt la direction du palais. Leur tâche s'annonçait difficile. Elles ne savaient même pas par où commencer !

– Je me demande où peut être Cupidon, soupira Cléa, pensive. Selon Acis...

Mais elle ne put achever sa phrase. Un hurlement strident déchira alors le ciel, et Titiana la poussa vivement derrière un rocher.

– Chut, Cléa ! siffla la princesse. C'est une Harpie !

5

Un petit dieu grognon

Le cœur battant, Cléa se fit toute petite derrière le rocher. Elle entendit un puissant battement d'ailes. Un nouveau cri terrifiant résonna sur la forêt et l'air fut envahi par une odeur de pourriture.

Prudemment, Cléa leva les yeux pour scruter le ciel. Là, juste au-dessus des arbres, planait une grande silhouette noire.

La Harpie avait le corps d'un oiseau géant, aux ailes en dents de scie. Mais sa tête, auréolée d'une crinière de cheveux emmêlés, était celle d'une vieille femme.

Elle émit encore un hululement et Cléa entrevit dans sa bouche deux rangées de dents noires.

Lentement, la créature décrivit plusieurs cercles au-dessus des bois. Enfin, elle s'éloigna avec un dernier cri,

et la puanteur se dissipa.

En la voyant disparaître, Cléa se détendit un peu.

– Quelle horreur ! souffla-t-elle. Dépêchons-nous de partir d'ici !

– Tout à fait d'accord, approuva Titiana. On doit trouver Cupidon le plus vite possible. Ou peut-il bien être ?

Cléa repensa aux paroles d'Acis :

– Le faune a dit qu'on le trouverait dans un endroit où on le fête.

– Peut-être dans le temple de Vénus ? suggéra la princesse.

– Ou à un mariage ? proposa Cléa.

Un sourire éclaira le visage de son amie :

– Excellent raisonnement ! Je sais où il y en a un cet après-midi ! L'un des conseillers de mon père se marie ! Allons chez lui ! On a des chances d'y trouver Cupidon !

Au sortir de la forêt, Cléa suivit Titiana sur une longue route droite.

Les filles levaient constamment la tête pour guetter un signe des Harpies, mais aucune ne se montra. Cléa, rassurée, put bientôt admirer le paysage.

Elles virent un homme façonner un bol en argile sur une pierre plate. Plus loin, devant une boulangerie, s'empilaient des pains qui sortaient du four.

Puis elles passèrent devant un puits où des femmes remplissaient d'eau de grandes jarres en terre cuite.

Au bout d'un moment, Titiana désigna une villa, un peu en retrait de la route.

– C'est là ! dit-elle en s'arrêtant. Écoute ! Voilà la procession du mariage !

Cléa se tourna alors dans la direction de la musique, et vit un groupe de gens venir vers elles. Des hommes jouaient du tambour et du pipeau. Le cortège parvint devant la demeure et entra dans la cour.

Une jeune femme fermait la marche, drapée dans un voile couleur de flamme. Elle était entourée d'un groupe de servantes dont chacune portait une torche embrasée.

– C'est la mariée, commenta Titiana. La fête va commencer d'une minute à l'autre. Suis-moi.

Sur les pas de la princesse, Cléa rejoignit la procession. L'une des servantes donna sa torche à la mariée. Celle-ci souleva son voile et souffla la flamme.

Les spectateurs l'acclamèrent. La mariée agita la torche en l'air et la lança au milieu des invités. Tous se ruèrent pour l'attraper. Cléa sourit. Elle avait déjà vu des mariées faire exactement la même chose avec des bouquets de fleurs.

Une jeune femme brune, au cou paré d'un gros collier en argent, saisit la torche au vol et la brandit triomphalement.

La foule manifesta son approbation, puis s'écarta pour laisser passer les serviteurs chargés de lourds plateaux.

Il y avait des monceaux de viande, dont un porcelet entier, et de grandes coupes remplies de pain, d'olives, de fromage, de fruits et de noix.

– Essayons de trouver Cupidon, chuchota Titiana à Cléa.

Celle-ci acquiesça et suggéra :

– Et si on se servait du cadeau d'Acis ?

La princesse ouvrit sa besace et en sortit la fleur magique. Elle la passa doucement sur ses yeux puis la tendit à Cléa. Celle-ci l'imita et sentit une douce tiédeur envahir ses paupières. Puis elles se frayèrent un chemin à travers la foule, qui entonnait une chanson de mariage.

Soudain, un drôle de bruit attira l'attention de Cléa. Elle pivota vivement, craignant de voir surgir une Harpie. Mais, au lieu du monstre redouté, elle découvrit un petit garçon ailé voletant dans les airs ! Vêtu d'une toge dorée, il portait à l'épaule un arc et un carquois. Il avait à peu près l'âge de Lucas.

– Titia, c'est lui ? souffla-t-elle à son amie en le désignant.

La princesse sourit jusqu'aux oreilles.

– Absolument ! confirma-t-elle. Voyons s'il veut bien nous écouter.

Elles traversèrent la cour jusqu'à lui.

– Pourrais-tu t'approcher un moment, s'il te plaît ? demanda poliment Cléa.

Au son de sa voix, Cupidon sursauta et la fixa d'un air horrifié. Puis il regarda tout autour de lui, comme s'il pensait qu'elle s'adressait à quelqu'un d'autre.

– Cupidon ! lança Titiana, plus fort. Nous avons quelque chose à te dire !

Il la fixa à son tour, comme s'il n'en croyait pas ses oreilles.

– C'est à moi que tu parles ?

– Oui, confirma Titiana en hochant la tête. Tu es bien Cupidon, n'est-ce pas ?

– Oui, en effet, mais je…

Il saisit son arc et sa flèche d'un air méfiant.

– … vous me voyez ? acheva-t-il.

– Bien sûr, répondit Cléa en fronçant les sourcils. Pourrais-tu... ?

Mais déjà Cupidon avait filé derrière une colonne de pierre, d'où ne dépassait que le bout de ses ailes :

– Et là, vous me voyez ?

– Oui ! s'impatienta Titiana. On te voit toujours.

En deux coups d'ailes, le dieu gagna les tables du banquet et se cacha derrière le porcelet. Mais les filles apercevaient toujours son arc et ses flèches.

– Et maintenant ? Est-ce que vous me voyez, maintenant ?

Les deux amies échangèrent un coup d'œil perplexe.

– Oui, fit Cléa.

– Bon, pourrais-tu cesser de voler partout et nous écouter ? s'exclama Titiana. Nous avons besoin de toi !

Cupidon les rejoignit :

– Comment faites-vous ? Les mortels ne peuvent pas me voir, sauf si je leur en donne la permission. Et je ne suis pas du genre à accepter de me montrer à des filles ! Elles sont trop nulles !

Cléa lui parla de la fleur du faune.

– Acis pense que tu pourrais peut-être nous aider à attendrir le cœur de Juventas, conclut-elle. Tu veux bien ?

Le jeune dieu ricana d'un air outré :

– Eh bien, il se trompe ! répliqua-t-il en croisant les bras. Je ne veux rien avoir à faire avec des petites pestes. Vous feriez mieux de rentrer chez vous ! Vous perdez votre temps !

6

Les sandales ailées

Bouche bée, les deux amies virent alors Cupidon s'éloigner en voletant. Elles échangèrent un coup d'œil consterné et se lancèrent aux trousses du petit dieu grincheux.

– Moi qui croyais que tu étais le dieu de l'Amour ! lui lança Titiana, furieuse, lorsqu'elles l'eurent rattrapé. Qu'as-tu contre les filles ? Normalement, tu devrais aimer tout le monde !

Cupidon renifla avec mépris.

– Cette histoire du dieu de l'Amour, c'est juste un travail stupide ! répliqua-t-il.

Et, par-dessus le marché, les autres dieux se moquent de moi !

Il fit une moue boudeuse, et Cléa eut l'impression de se trouver devant Lucas.

– Pour couronner le tout, reprit Cupidon, mes amis mortels ont tous vieilli d'un coup ! Vous voyez ces deux-là ? (Il désigna deux vieillards, appuyés sur une canne.) Il y a quelques jours, ils avaient mon âge ! Maintenant, plus moyen de s'amuser avec eux !

En se tournant vers les deux hommes, Cléa s'aperçut soudain que plusieurs invités les observaient d'un air soupçonneux.

Elle se demanda pourquoi, puis se rappela qu'ils ne pouvaient pas voir Cupidon. Ils devaient avoir l'impression que Titia et elle parlaient dans le vide !

D'un geste vif, elle prit la main du dieu et l'entraîna à l'écart, derrière un gros buisson en fleurs.

– Les gens nous ont repérées ! chuchota-t-elle à Titiana, qui l'avait suivie.

– Berk ! Bas les pattes ! grogna Cupidon en gigotant pour dégager sa main.

Cléa le lâcha et il s'éleva comme une fusée, en s'essuyant les doigts sur les plumes de ses ailes comme si elle avait la lèpre.

– Berk ! grommela-t-il en la fusillant du regard. Se tenir la main, c'est un truc de filles ! Je refuse catégoriquement d'être touché par une fille, moi !

Cléa ne put s'empêcher de sourire. « Franchement, songea-t-elle. Même Lucas ne ferait pas tant d'histoires ! »

Penser à son frère lui donna alors une idée. À vrai dire, Lucas non plus n'aimait pas trop les filles. Elle pourrait peut-être se servir des sentiments de Cupidon.

Elle poussa un soupir à fendre le cœur et déclara d'un ton affligé :

– Oh, comme c'est triste que tu n'aimes pas les filles ! Parce que, si on laisse faire Juventas, il ne restera bientôt plus aucun garçons avec qui jouer…

Titia lui glissa un coup d'œil amusé. Elle avait deviné ce que Cléa mijotait.

À son tour, la princesse se tourna vers Cupidon d'un air désolé.

– Ne t'inquiète pas, fit-elle gentiment. Tu ne seras pas tout seul. Je viendrai te tenir compagnie avec mes amies. Tu verras, on s'amuse comme des folles : à la dînette, à la poupée, à la marchande, à la coiffeuse et...

Cupidon avait pâli.

– Mais c'est un véritable cauchemar ! gémit-il, atterré. Qu'est-ce que je vais faire ? Je ne peux pas décocher une flèche à Juventas. C'est l'une des déesses les plus puissantes du ciel ! Ma mère serait furieuse si je m'en prenais à elle !

Cléa haussa les épaules.

– Bah, soupira-t-elle en faisant mine de s'en aller. Tant pis.

– Tu pourras toujours jouer à la dînette avec nous, ajouta Titiana.

– C'est bon, s'écria Cupidon. Je vais vous donner de quoi adoucir Juventas. Mais ne comptez pas sur moi pour tirer !

Il fouilla dans son carquois et en sortit une longue flèche fine à la pointe dorée.

– Celle-ci peut faire fondre le cœur le plus endurci, déclara-t-il fièrement en la tendant à la princesse. C'est tout ce que je peux

faire pour vous. Vous allez me laisser tranquille, maintenant ?

Titiana glissa la flèche dans sa besace.

– Merci, Cupidon. Oui, on va te laisser tranquille… quand tu nous auras expliqué comment on se rend au Domaine des dieux.

– Vous devez y aller en volant, bien sûr, mais…, commença Cupidon.

Il s'arrêta et poussa un gros soupir :

– … Vous ne savez pas voler, je suppose.

Il secoua la tête, découragé :

– Et ne me demandez surtout pas de vous transporter sur mon dos, c'est non.

Il inspecta la cour, comme s'il espérait y trouver la solution. Ses yeux se posèrent sur un jeune homme allongé sur un banc, profondément endormi.

– Vous voyez la marmotte, là-bas ? reprit-il. C'est mon oncle Mercure, le dieu des voyageurs.

Les pieds du dieu, qui dépassaient du banc, étaient chaussés de drôles de sandales ornées de petites ailes blanches.

– Si vous voulez aller au Domaine des dieux, déclara Cupidon, il vous suffit d'emprunter les sandales de Mercure.

– Et il sera d'accord ? s'étonna Titiana.

Cupidon lui jeta un regard méprisant :

– On ne va pas lui demander son avis ! Arrangez-vous pour revenir avant son réveil, et il ne saura jamais que vous les avez prises !

Cléa se mordit la lèvre. Elle n'aimait pas prendre quelque chose à quelqu'un sans sa permission.

– Je ne sais pas si c'est une bonne idée, objecta-t-elle.

– Moi non plus, avoua Titiana. Mais on doit sauver les jeunes garçons de Rome à tout prix ! Il faudra juste qu'on se dépêche de revenir !

Cléa approuva d'un hochement de tête.

– Bon, comment procède-t-on pour les lui enlever ? demanda-t-elle à Cupidon. Tu as un moyen magique ?

Le petit dieu éclata de rire :

– Non ! À vous de vous débrouiller !

Et il ajouta avec un sourire moqueur :

– Mais vous n'avez pas intérêt à le réveiller. Oncle Mercure a TRÈS mauvais caractère.

7
Comme des plumes

Cléa avala sa salive de travers. Encore un dieu qui avait mauvais caractère ! Quant à Titiana, elle fixait les sandales d'un air décidé.

– Eh bien, nous ferons attention, voilà tout ! trancha-t-elle.

– Alors, c'est parti ! murmura Cléa, en tâchant de prendre une mine assurée. Allons-y tant qu'il dort !

Les deux amies s'approchèrent de Mercure et s'accroupirent à ses pieds. Ses sandales étaient en cuir, avec d'épaisses lanières

enroulées autour des chevilles. Cléa se pencha et, tout doucement, en prit une dans sa main. Avec mille précautions, elle dénoua les lanières. Titiana se dépêcha de les dérouler et de retirer la sandale.

Les filles respirèrent à fond et passèrent à la deuxième.

À cet instant, Mercure battit des paupières et marmonna dans son sommeil. Cléa et Titiana s'immobilisèrent.

Quelques secondes passèrent, et le dieu émit un ronflement sonore.

À la hâte, Cléa déroula la lanière de l'autre chaussure et la princesse la retira. Elles avaient réussi !

Fièrement, elles retournèrent derrière le buisson et montrèrent leur butin à Cupidon.

– Vous êtes bien moins grandes qu'oncle Mercure, déclara le petit dieu. Une sandale devrait suffire pour chacune. D'habitude, elles ne fonctionnent pas séparément. Il vaudrait mieux vous donner la main pour garder l'équilibre.

Aussitôt, avec un frisson d'excitation,

Cléa se déchaussa et enfila la sandale gauche de Mercure. Elle avait du mal à croire qu'elle était sur le point de décoller !

– Et maintenant comment fait-on ? demanda Titiana tout en nouant l'autre chaussure ailée à sa cheville droite.

– Pour s'envoler, expliqua Cupidon, on tape du pied par terre. Il faut s'imaginer qu'on est léger comme une plume. Plus on se persuade de sa légèreté, plus on vole vite.

Les filles se regardèrent en souriant et se prirent la main.

– Vous êtes légères, hein ! leur rappela Cupidon.

– Comme une plume ! précisa Cléa.

– Un papillon ! lança Titiana.

– Un flocon ! ajouta Cléa en riant.

– À mon signal, tapez du pied..., reprit le dieu. Maintenant !

Les deux amies lui obéirent et, ensemble, elles filèrent comme des fusées dans le ciel.

– Wahou ! souffla Cléa. C'est incroyable, on vole ! Titiana, on vole !

– Hé ! s'exclama la princesse. Attention, on va basculer !

– Continuez à penser à des choses légères ! leur cria Cupidon en planant autour d'elles. Il faut rétablir l'équilibre !

– Euh... du duvet de pissenlit ! lança Titiana.

Elle prit de la hauteur et dépassa Cléa.

Celle-ci sentit soudain son bras se tendre, se tendre... Encore un peu, et elles allaient se lâcher la main !

– De la barbe à papa ! hurla-t-elle.

Zip ! Elle remonta et doubla Titiana.

Cette fois, à cause du déséquilibre, elles commencèrent à perdre de la vitesse et à vaciller.

– Eh bien, observa Cléa en gloussant, on n'ira pas loin comme ça ! Il vaudrait mieux penser à la même chose toutes les deux en même temps. Par exemple... à des bulles de savon !

– D'accord ! approuva Titiana. Je suis légère comme une bulle, je suis légère comme une bulle...

Et elles se retrouvèrent au même niveau.

– On a trouvé le truc, on dirait ! commenta Cléa. Mais on doit se dépêcher !

– Attends, lui signala Titiana. Regarde, voilà Cupidon.

En effet, le petit dieu les rejoignait à toute allure.

– Je me demande ce qu'il veut, fit Cléa. Il était si pressé de se débarrasser de nous !

–Vite ! lança-t-il en les rejoignant. Partez tout de suite pour le Domaine des dieux. Il y a des Harpies à l'horizon ! Et elles sont encore pires que des filles !

Il tendit le doigt vers le lointain.

Suivant des yeux la direction indiquée, Cléa distingua trois silhouettes noires qui se

rapprochaient à vue d'œil.

– Je vais les retenir le plus longtemps possible, déclara Cupidon. Je vais leur tirer dessus avec mes flèches. Ça les obligera à se sauver ! Les Harpies sont allergiques à l'amour !

– Merci, dit Cléa, une boule dans l'estomac. Viens, Titiana, filons !

– Des bulles, reprit la princesse, toute pâle. On est légères comme des bulles !

Elles s'élevèrent rapidement, et Cupidon ne fut bientôt plus qu'un petit point, loin au-dessous d'elles.

– Ouf, souffla Titiana au bout de quelques instants. On leur a échappé !

Cléa s'apprêtait à acquiescer quand elle regarda vers le bas et vit les silhouettes noires des Harpies, de plus en plus grosses.

– Elles nous rattrapent ! lança-t-elle, consternée. Il faut qu'on accélère !

– À quoi pourrait-on penser de léger ? se demanda la princesse, paniquée. Je n'arrive plus à réfléchir !

– Un… un pétale de rose ! cria Cléa.

Elles montèrent encore plus haut, mais les monstrueuses créatures avançaient de plus en plus vite.

– Un poil de chat ! s'exclama Titiana.

Rien à faire ; les Harpies gagnaient du terrain.

– De la fumée ! tenta Cléa.

On pouvait sentir le battement des horribles ailes dans l'air. Il était chargé d'une telle puanteur que la petite fille suffoqua.

– Cléa, attention ! hurla Titiana. Il y en a une juste derrière toi !

Cléa jeta un coup d'œil par-dessus son épaule et vit, à quelques mètres d'elle,

une figure hideuse. Sa bouche était tordue en un sourire ignoble. L'horrible créature tendit vers elle ses pattes aux serres effilées.

8

Un domaine bien gardé

Instinctivement, Cléa replia les jambes, et les griffes de la créature s'abattirent à quelques centimètres de sa cheville. Si elles voulaient s'en sortir, les filles devaient penser à quelque chose d'encore plus léger.

Tout à coup, Cléa se rendit compte que la réponse se trouvait juste sous leur nez.

– On est légères comme des nuages ! brailla-t-elle à tue-tête.

– Oui, légères comme des nuages ! répéta Titiana, désespérée.

Elles s'élevèrent à la vitesse de l'éclair et disparurent dans une couche de nuages vaporeux. Furieuses de les voir leur échapper, les Harpies poussèrent des cris perçants.

En émergeant plus haut dans le ciel, Cléa vit devant elle un énorme portail doré.

– Les portes du Domaine des dieux ! s'exclama Titiana. Courage, on y est presque !

Le portail était entrouvert. Les filles le franchirent en trombe, firent volte-face et le refermèrent vivement.

Les Harpies se ruèrent aussitôt sur les portes et les attaquèrent à coups de serres.

Mais le Domaine des dieux demeura clos.

Titiana se jeta dans les bras de Cléa.

– On a réussi ! souffla celle-ci, haletante. Ça y est, nous voici enfin arrivées !

– Tu as eu une idée de génie en parlant de nuages, la félicita Titiana.

Puis elle huma l'air avec étonnement :

– C'est bizarre, on ne sent plus les Harpies.

Les portes bloquent peut-être les mauvaises odeurs en même temps que les mauvaises créatures ! Mais je me demande où on va trouver Juventas !

– Je n'en sais rien, murmura Cléa. En tout cas, quelqu'un nous a trouvées.

En effet, un homme de haute taille venait vers elles. Lorsqu'il fut plus près, Cléa s'aperçut qu'il avait deux visages : un devant, et un derrière !

Avec un froncement de sourcils désapprobateur, il s'adressa aux affreuses Harpies, qui poursuivaient leur vacarme :

– Les créatures des Enfers doivent avoir la permission de Jupiter, le chef des dieux, pour entrer ici. L'avez-vous ?

Les Harpies répliquèrent par un grondement dépité.

– C'est bien ce que je pensais, fit-il en secouant la tête.

Puis il se tourna vers les filles.

– Bonjour, leur dit-il poliment. Je suis Janus, le dieu des portes, responsable des entrées et des sorties. Cela explique mes deux visages.

La princesse sourit et s'inclina :

– Je suis la princesse Titiana de Rome. Et voici mon amie Cléa.

– Enchanté, reprit Janus. Malheureusement, je ne peux pas vous laisser entrer sans autorisation. En avez-vous une ?

Elles firent non de la tête.

– Voyons... L'une de vous serait-elle une déesse mineure ?

– Euh, non plus, avoua Cléa.

– Alors, vous êtes des filles de dieux ?

– Non, reconnut Titiana, mais mon père est l'empereur de Rome et...

– Dans ce cas, je suis désolé, l'interrompit Janus, un sourire d'excuse sur les lèvres, mais vous allez devoir partir.

Derrière la porte, les Harpies émirent

un ricanement effroyable, et Cléa sentit l'espoir l'abandonner.

– Je vous en prie ! implora-t-elle. Laissez-nous rester ! Nous devons absolument trouver Juventas, et les Harpies vont nous capturer si vous nous jetez dehors !

Janus les regarda l'une après l'autre, et se pencha vers elles avec un air de conspirateur.

– Écoutez, leur murmura-t-il. Je ne suis pas très copain avec les Harpies, je l'avoue. Et j'ai été impressionné par la manière dont vous leur avez échappé. Si vous pouvez prouver que vous êtes aussi intelligentes que rapides, peut-être vous laisserai-je entrer.

À cet instant, deux portes en or parfaitement semblables apparurent derrière lui.

– L'une de ces portes s'ouvre sur le passé, expliqua Janus, et l'autre sur l'avenir. Vous devez me dire laquelle donne accès au Domaine des dieux.

Cléa glissa un coup d'œil vers Titiana.

Elle n'en savait vraiment pas assez sur les dieux romains pour pouvoir répondre.

– Qu'en penses-tu, Titia ? lui chuchota-t-elle.

Celle-ci plissa le front d'un air perplexe :

– Eh bien, les dieux sont immortels, ils ne meurent jamais. C'est peut-être la porte de l'avenir qui donne sur le Domaine des dieux... Mais, comme ils existent depuis des siècles, il peut aussi se trouver dans le passé.

Elles se regardèrent angoissées, incapables de se décider.

Derrière le portail, les Harpies ricanaient toujours, espérant bien s'emparer de leurs proies. Cléa frissonna.

– On n'a pas intérêt à se tromper, déclara-t-elle d'une voix tremblante. Ou les Harpies nous emporteront aux Enfers !

9

Tempête dans le jardin des dieux

Cléa se creusa la cervelle.

Soudain, une idée lui vint. Tout excitée, elle se pencha vers Titiana :

– Si les dieux sont immortels, raisonna-t-elle, ils vivent à la fois dans le passé ET dans l'avenir. Dans ce cas, le Domaine des dieux doit forcément se trouver derrière les DEUX portes !

Titiana réfléchit quelques secondes, et son visage s'illumina.

– C'est tout à fait possible ! acquiesça-t-elle. Après tout, Janus n'a pas précisé qu'il fallait en choisir une seule !

Elle se tourna vers le dieu, inspira profondément et se lança :

– Janus. Nous pensons que la porte du passé et celle de l'avenir ouvrent toutes les deux sur le Domaine des dieux.

Tout en lui parlant, elle scrutait anxieusement l'expression de son visage.

Au soulagement de Cléa, Janus sourit :

– Bravo ! Vous avez bien deviné. Je vous autorise à entrer.

Les Harpies poussèrent une plainte sinistre, tandis que les filles se jetaient dans les bras l'une de l'autre.

– Merci, Janus, s'exclama Titiana avec reconnaissance. À votre avis, où pouvons-nous trouver Juventas ?

– C'est facile, vous n'avez qu'à suivre la direction des cris, lui répliqua-t-il.

Juventas ne décolère pas depuis des jours.

– Merci, dit Cléa, saisie d'appréhension.

Les portes dorées se volatilisèrent, laissant place à une grande arche en or. Les deux amies la franchirent et se retrouvèrent dans un jardin extraordinaire. Il était rempli de fleurs aux tons éclatants, d'orangers et de citronniers chargés de fruits. Des paons faisaient la roue sur les pelouses et des papillons aux ailes translucides voletaient de fleur en fleur.

Plus loin, une cascade se jetait du haut d'un rocher et de minuscules oiseaux multicolores fendaient l'air en frôlant l'écume.

– Je n'entends pas de cris, dit Titiana.

– Moi non plus, admit Cléa. Tu crois qu'elle a fini par se calmer ?

– Ce serait trop beau, soupira la princesse. Viens, partons à sa recherche.

Les filles inspectèrent le jardin, mais il faisait très chaud, et elles s'arrêtèrent bientôt pour se reposer. Elles s'installèrent au bord d'une fontaine. Titiana se pencha pour boire. Soudain, Cléa perçut un grondement sourd.

« Qu'est-ce que ça peut bien être ? » se demanda-t-elle.

La princesse tendit l'oreille. Le bruit se fit de plus en plus fort, et Cléa ne tarda pas à reconnaître des mugissements de colère.

– C'est Juventas, souffla Titiana. Regarde, elle arrive !

Une grande femme brune avançait sur le

chemin, en poussant des exclamations furieuses. Un sourire aurait suffi à rendre son visage d'une grande beauté. Mais, dans l'immédiat, sa bouche pincée et ses sourcils froncés lui donnaient plutôt l'aspect d'une méchante sorcière.

La déesse s'arrêta devant les filles.

– Qui êtes-vous ? leur lança-t-elle avec méfiance.

Titiana s'inclina respectueusement :

– Bonjour, grande déesse. Je suis la princesse Titiana de Rome, la sœur de Marcus, le garçon qui a oublié de...

– Silence !! tonna Juventas. Comment oses-tu me parler de lui ? Je ne veux plus jamais entendre prononcer son nom !

– Je viens justement pour implorer votre pardon..., reprit Titiana.

Mais la déesse n'en avait pas terminé.

– À cause de lui, je suis la risée de tous les dieux ! brama-t-elle.

Puis elle se mit à fulminer contre l'insolence de la jeunesse.

Pendant ce temps, à pas de loup, Cléa se rapprocha de la besace de Titiana.

Elle fouilla dedans à tâtons. Ses doigts se replièrent sur la flèche, qu'elle sortit sans se faire remarquer.

– Il regrette terriblement son erreur, insista Titiana, dans l'espoir d'apaiser la déesse.

– J'espère bien ! aboya Juventas, courroucée. Les autres dieux disaient que j'avais perdu mon pouvoir sur les mortels ! Ha ! Maintenant que tous les jeunes Romains sont devenus des vieillards, ils ne peuvent plus se moquer de moi !

– Mais ces garçons vont mourir si vous ne retirez pas votre malédiction ! s'écria Titiana.

Cléa s'avança tout doucement, en serrant la flèche dans son dos.

– Tant pis pour eux, répliqua Juventas d'un ton sec. Quant à toi fillette, si tu

ne me montres pas un peu plus de respect, je te change sur le champ en bébé !

Cléa avait intérêt à agir vite, avant que Titiana ne subisse un sort à son tour ! Très lentement, elle fit les derniers pas qui la séparaient de Juventas, et piqua la déesse de la pointe de la flèche d'or.

Celle-ci poussa un cri de surprise.

– Tu oses m'attaquer, insolente mortelle ? hurla-t-elle.

Elle leva la main sur la jeune fille et des étincelles bleues crépitèrent au bout de ses doigts.

« Oh, non ! pensa Cléa, terrifiée. La flèche n'a pas fait son effet. Juventas va me jeter un sort ! »

10
Bien joué, Cléa !

Une boule de feu bleuâtre jaillit des mains de Juventas. La déesse s'apprêtait à la lancer sur Cléa lorsqu'elle suspendit son geste, comme frappée par la foudre. Elle porta la main à son front, cligna des yeux d'un air étourdi, et la boule de feu s'éteignit.

Puis ses yeux croisèrent ceux de Cléa et elle lui adressa un sourire éblouissant. Visiblement, elle avait tout oublié des instants précédents.

– Bonjour, dit-elle avec douceur. Qui es-tu ?

– Je suis Cléa. Et voici la princesse Titiana.

– Quelles jolies fillettes ! déclara la déesse, charmée. Et d'une politesse exquise en plus ! Qu'est-ce qui vous amène, mes chères petites ?

Titiana s'inclina en une profonde révérence.

– Nous venons pour vous supplier de retirer la malédiction que vous avez jetée sur les jeunes garçons de Rome, lui expliqua-t-elle de nouveau.

Juventas fronça les sourcils, comme si elle tentait de se rappeler un lointain souvenir.

– Une malédiction… ? répéta-t-elle.

Enfin, elle hocha la tête.

– Oh, cette malédiction-là, fit-elle d'un ton vague. Mais, bien sûr, je vais la retirer immédiatement ! Je me demande d'ailleurs pourquoi je ne l'ai pas fait plus tôt. Ces malheureux garçons ont déjà été assez punis.

Elle agita la main et, cette fois encore, des étincelles crépitèrent au bout de ses doigts.

– Voilà, c'est fait ! lança-t-elle joyeusement. Les garçons sont redevenus des garçons.

– Merci ! s'exclama Titiana, folle de joie.

La déesse parut étonnée, mais elle tapota avec bienveillance l'épaule de la princesse :

– C'est un plaisir, mon enfant.

Soudain, la paix du jardin fut troublée par des battements d'ailes bruyants. Cléa sursauta. Les Harpies ! Elles avaient dû réussir à ouvrir les portes du Domaine des dieux ! La fillette se retourna en tremblant.

Mais, au lieu des monstrueuses créatures, elle vit fondre sur elles un Mercure rouge de colère, suivi d'un Cupidon à l'air épuisé. Cléa regarda ses pieds, un peu honteuse : Titiana et elle portaient toujours les sandales ailées du dieu des voyageurs !

Celui-ci pointa sur les deux amies un doigt accusateur.

– Donnez-moi mes sandales ! brailla-t-il, écarlate. Sans elles, je ne peux aller nulle part ! Cupidon a dû me porter sur son dos pendant tout le trajet !

Les filles s'empressèrent de les lui rendre.

– Vraiment désolée, bredouilla Cléa.

– Nous comptions vous les rapporter au plus vite, assura Titiana, penaude.

Juventas passa un bras autour des épaules de Mercure pour l'apaiser :

– Elles sont venues pour une bonne cause, Mercure. Ne sois pas trop sévère avec elles.

Lorsqu'il entendit la voix suave de la déesse, les yeux de Cupidon pétillèrent.

– Vous avez réussi ? souffla-t-il aux filles. Vous vous êtes servies de ma flèche, hein ?

Cléa lui adressa un sourire complice :

– Oui, et Juventas a retiré la malédiction ! Les garçons ne sont plus des vieillards !

Cupidon poussa un cri de victoire. Il s'apprêtait à repartir quand il se ravisa. Il s'adressa aux deux amies d'un air pensif :

– En fait, vous n'êtes pas si nulles que ça... pour des filles !

Cléa éclata de rire et lui rendit sa flèche.

– Méfie-toi, répliqua-t-elle, moqueuse. Tout le monde va croire que tu as été touché par une de tes flèches !

Cupidon s'éloigna, tout content, et Cléa se tourna vers Titiana :

– Il y a juste un petit problème. Comment va-t-on rentrer sur Terre sans les sandales ?

La princesse se mordit la lèvre :

– Je n'avais pas pensé à ça !

Juventas avait dû entendre leur conversation, car elle s'approcha aussitôt.

– Ne vous inquiétez pas pour si peu, leur dit-elle gentiment. Je vais vous renvoyer à Rome sur un nuage magique.

– Ce serait fantastique, dit Titiana ; l'ennui, c'est que nous sommes poursuivies par des Harpies ! Ça risque d'être dangereux !

– Vous n'avez rien à craindre ! la rassura la déesse. Pluton les a sûrement rappelées aux Enfers, maintenant. Il sait que sa cause

est perdue. De toute façon, elles n'oseront pas s'en prendre à vous tant que vous êtes sous ma protection.

Elle frappa dans ses mains, et un nuage blanc duveteux en forme de cygne qui vogua jusqu'aux filles et s'arrêta.

– Montez ! leur intima la déesse. Vous ne risquez rien, je vous le promets !

Les deux amies avancèrent un pied hésitant et s'enfoncèrent dans la blancheur mousseuse.

– Merci de tout cœur ! lança Cléa à Juventas. Au revoir !

– Au revoir, Mercure ! ajouta Titiana.

Les filles s'installèrent et se laissèrent porter dans le ciel, bercées par la brise. Bientôt le nuage les déposa en douceur dans les jardins du palais, avant de se dissiper.

Presque aussitôt, un jeune homme qui arrivait en courant s'immobilisa à leur vue.

– Marcus, c'est bien toi ! s'écria Titiana.

Elle se précipita vers lui pour se jeter dans ses bras.

– C'est incroyable, tu as de nouveau seize ans ! s'exclama-t-elle, radieuse.

– Eh oui ! fit-il gaiement. C'est un miracle ! Si tu savais comme je me sens mieux !

Il désigna le ciel :

– Je te cherchais pour t'annoncer la nouvelle,

quand j'ai vu un nuage incroyable passer dans le ciel. Dommage que tu l'aies manqué ! Il avait exactement la forme d'un cygne !

Titiana fit un clin d'œil à Cléa :

– J'aurais bien voulu le voir !

– Il faut que j'y aille, Titia, reprit son frère. J'ai hâte de savoir si mes amis sont redevenus normaux, eux aussi !

Et il s'éloigna au pas de course.

– Merci, Cléa, dit la princesse à son amie. Sans toi, je n'aurais jamais pu sauver Marcus.

– C'était un plaisir, répondit Cléa. À part, peut-être, la rencontre avec les Harpies !

Et elles éclatèrent de rire.

Cléa admira les jardins, afin d'en graver chaque détail dans sa mémoire. Elle voulait se souvenir à jamais de cette aventure.

– Je dois rentrer chez moi, maintenant, annonça-t-elle à regret.

– Tu reviendras me voir ? lui demanda Titiana avec espoir.

Cléa lui adressa un grand sourire et la serra contre elle :

– Tu peux compter sur moi. Au revoir, Titia !

Dès qu'elle eut prononcé ces mots, un tourbillon s'enroula autour d'elle. Le palais se brouilla, et la spirale l'emporta dans les airs.

Quelques secondes plus tard, ses pieds retrouvèrent la terre ferme. Elle rouvrit les yeux. Elle était de retour devant la mosaïque.

Mais… le dessin avait changé ! La princesse souriait, assise dans l'herbe à côté de son frère redevenu adolescent. Ils observaient les nuages dans le ciel. Cléa se réjouit de les voir si heureux. Puis son regard fut attiré par un détail. Tout là-haut à gauche, Cupidon passait dans les airs, avec son arc et sa flèche dorés.

– Cléa ! Cléa ! cria une voix derrière elle.

Elle se retourna et vit Lucas débouler avec un papier à la main.

– Tu peux me faire épeler les mots de ma liste ? réclama-t-il. Je veux gagner demain. Ce serait trop nul d'être battu par une fille.

– D'accord, acquiesça Cléa en riant. Mais allons plutôt à la cuisine, il fait froid ici.

Lucas lui donna sa feuille et ils repartirent ensemble dans le couloir.

En marchant, Cléa lut le premier mot de la liste et sourit :

– Alors, Lucas, comment est-ce que tu épelles « nuage » ?

Fin

Si tu as aimé ce livre,
tu peux lire d'autres histoires
dans la collection

Le château magique